QUIERO
SER
FAMOSA

Quiero ser famosa

Ana Galán
Luz Igolnikow

SCHOLASTIC INC.
New York   Toronto   London   Auckland
Sydney   Mexico City   New Delhi   Hong Kong

A todas las niñas del mundo,
para que lleguen todo lo lejos
que quieran y consigan que todos
sus sueños se hagan realidad.

A. G.

A todas aquellas mujeres
que alimentan la
imaginación y el deseo.

L. I.

ISBN 978-0-545-16662-1

Text copyright © 2010 by Ana Galán

All rights reserved. Published by Scholastic Inc.
SCHOLASTIC, SCHOLASTIC EN ESPAÑOL, and associated logos
are trademarks and/or registered trademarks of Scholastic Inc.

12 11 10 9 8 7 6 5 4 3   19 20 21 22/0

Printed in the U.S.A.   40
First Spanish printing, January 2010

Cuando sea grande quiero ser famosa. Famosísima en todo el mundo.

–¡Elena! –oigo a mi mamá que me llama desde la cocina–. ¿Quieres hacer galletas?

–¡Sí! Ahora voy –contesto.

Me encanta hacer galletas.

Bajo volando y veo
que en la cocina están
mi mamá y tía Rosa.

—¡Ya estoy aquí! —las
saludo con un beso.

—Toma —me dice mamá
y me da los ingredientes—,
puedes empezar a hacer
la masa.

Mientras mezclo el
azúcar, la harina y el agua,
empiezo a pensar otra vez
en cómo ser famosa.

—Mamá, tía Rosa,
¿qué podría hacer para
ser famosa?

GALLETAS

Ingredientes:

Mantequilla 125 gr

Azúcar 125 gr

Harina 170 gr

PASO 1

Poner harina en un cuenco.

—Déjame pensar —dice mamá—. Ya sé, como
tú eres mi princesa, cuando seas grande podrías ser
una reina, como la reina Isabel la Católica.

"¡Una reina! ¡Eso sería increíble!"

—Tengo una idea –dice tía Rosa–. A ti te encanta contar cuentos. A lo mejor podrías ser escritora, como Isabel Allende.

PASO 1
Agregar azúcar

"Inventar historias sería divertidísimo".

En ese momento entran en la cocina mi hermana, Julia, y mi prima pequeña, Adriana.

–¡Estás haciendo galletas! –dice Julia–. ¿Cuándo estarán listas?

–Pronto –contesto–. Julia, ¿qué puedo hacer para ser famosa?

–Eso es fácil –me contesta–. Como siempre estás en la luna, cuando seas grande podrías ser astronauta, como Ellen Ochoa.

HARINA

PASO 1
y la mantequilla.

"¡Luna, planetas, allá voy!"

–No, no, no –interrumpe Adriana–. Tienes que ser cantante, como Jennifer López.

–Adriana agarra mi cuchara de madera y la sujeta como si fuera un micrófono. Entonces empieza a bailar y a cantar "No me ames".

PASO 2

Con las manos bien limpias se mezclan bien todos los ingredientes.

"Luces, cámara, ¡a cantar!"

Todas nos reímos y aplaudimos.

–¡Bravo!

Mi abuelo y mi abuela entran en la cocina.

—¿Qué es este escándalo? —pregunta mi abuelo.

—Elena quiere ser famosa y le estamos dando ideas –dice Julia.

—Pero mira qué decoraciones más lindas –dice mi abuela al ver las galletas–. Son una verdadera obra de arte. Está claro que cuando sea grande, Elenita será una artista famosa, como Frida Kahlo.

"¡Podría pintar un mundo mejor!"

PASO 2

Una vez que la masa está lista se divide en partes iguales y se les da la forma deseada, procurando que cada galleta tenga un grosor de medio cm.

–Pues yo creo que con la cantidad de amigos
que tiene Elena y lo mucho que le gusta
ayudar a la gente –dice mi abuelo–, a lo mejor
podría dedicarse a ayudar a la comunidad,
como Rigoberta Menchú.

"¡Voy a tener un millón de amigos!"

PASO 4

Luego se pone cada galleta cuidadosamente en una bandeja enharinada.

Papá entra en la cocina. Ha estado
trabajando en el jardín.

  –¡Ummm, Elena está haciendo galletas!
¡Qué rico huele! ¡No sabía que teníamos
reunión familiar! Elena, ¿habrá suficientes
galletas para todos?

  –Creo que sí –contesto.

PASO 5

Se pone la bandeja
en el horno y se
hornea durante
15 minutos a una
temperatura
de 180°C.

Miro a mi alrededor: mamá, tía Rosa, Julia, Adriana, mi abuelo, mi abuela, papá.

¡La cocina está llena de gente!

Pienso en todas las ideas que me han dado. En realidad, cuando sea grande puedo ser cualquier cosa que quiera: escritora, cantante, pintora, ¡hasta astronauta!

De pronto, mi hermano entra corriendo en casa con tres de sus amigos. Vienen de jugar al fútbol y están llenos de barro.

–¿Ya están listas las galletas? –pregunta.

–¡Eso! ¡Galletas, galletas, galletas! –dice su amigo Carlos.

–Déjame ver –dice mamá–, pero antes tienen que ir a lavarse las manos.

PASO 6

Cuando las galletas empiezan a quedar tostadas se retiran del horno y se dejan enfriar. Una vez frías se pueden sacar de la bandeja. Ya están listas para ser probadas.

Mamá abre el horno y mira.

–¡Sí! ¡Ya están! Cuidado, están muy calientes.

Saca la bandeja del horno y en cuanto la pone en la mesa, todos nos lanzamos por las galletas. En un minuto, desaparecen.

Ahora nadie habla. Todos comen.

Estas galletas se pueden modificar añadiendo una cucharadita de cacao, frutos secos o canela en la mezcla de la masa. Así obtienen un sabor único y característico.

—Estas son las mejores galletas del mundo
–dice mi hermano con la boca llena–. Menos
mal que llegamos justo a tiempo.

—Pero ¿cómo sabías que estaba haciendo galletas? –le pregunto.

—Ay, Elena. ¡Todo el mundo sabe cuando haces galletas!
Tú eres FAMOSA por tus galletas –dice.

¿Famosa?

¿Ha dicho FAMOSA?

Biografías

ISABEL LA CATÓLICA (1451-1504)

Isabel fue Reina de Castilla y León y Reina consorte de Sicilia y de Aragón. Creció en un pueblo de España llamado Arévalo junto a su madre y su hermano pequeño. Allí se dedicaba a estudiar y a rezar. Su hermano mayor, Enrique IV, era el Rey de Castilla. Cuando Isabel se hizo mayor, muchos querían casarse con ella, pero ella se negó a casarse con esas personas. Al final decidió casarse con Fernando de Aragón, con quien tuvo seis hijos. A Isabel y Fernando se les conoce como los Reyes Católicos. Isabel fue la que decidió apoyar y dar dinero a Cristóbal Colón para que pudiera hacer su viaje en busca de una nueva ruta a las Indias.

ISABEL ALLENDE (1942-   )

Isabel es una escritora chilena muy conocida. Sus novelas se han traducido a muchos idiomas y se han hecho películas de algunas de ellas. También ha escrito dos cuentos para niños, *La abuela Panchita* y *Lauchas y lauchones*. Isabel nació en Lima, Perú, en 1942. A los tres años se fue con su madre y sus dos hermanos a vivir a Chile. De niña era muy pequeñita e iba a un gimnasio ¡donde la ataban de pies y manos para estirarla! Por supuesto, eso no dio resultado. Desde muy joven le gustaba escribir y a los diecisiete años empezó a trabajar como periodista. Más adelante se casó y tuvo dos hijos: Nicolás y Paula. Su primera novela, *La casa de los espíritus,* la escribió en 1982. Desde entonces ha escrito muchas más. Sus familiares aparecen en muchos de sus libros. Isabel vive en Sausalito, California, rodeada de su familia.

ELLEN OCHOA (1958-)

Ellen fue la primera astronauta latina. Nació en Los Ángeles, California, en 1958. De pequeña vivió con su madre, sus tres hermanos y su hermana en La Mesa, California, donde asistió a la escuela secundaria. Después estudió en la Universidad de San Diego y más adelante hizo un doctorado en la Universidad de Stanford. Se hizo astronauta en 1991 y en 1993 viajó al espacio por primera vez en el *Discovery*, donde realizó estudios durante nueve días. Ha recibido muchos premios por su exitosa carrera como astronauta e ingeniera y por su excelente trabajo. Una escuela de California lleva su nombre. Ellen está casada y tiene un hijo.

JENNIFER LÓPEZ (1969-)

Jennifer es actriz, cantante, diseñadora de moda, compositora, productora de televisión y de discos. Nació en el Bronx, en Nueva York, donde creció con sus dos hermanas. Sus padres son puertorriqueños. Siempre soñó con ser artista y a los siete años hizo una gira por Nueva York con su clase de baile. Es una de las artistas latinas más famosas y mejor pagadas de Hollywood. Ha vendido más de 48 millones de discos. Está casada con el cantante Mark Anthony, con quien tuvo dos niños gemelos en 2008: Max y Emme Marbiel.

FRIDA KAHLO (1907-1954)

Frida fue una pintora mexicana. Sus cuadros son muy coloridos y se conocen en todo el mundo.

Nació en Coyoacán, que por aquel entonces estaba en las afueras de la Ciudad de México. A los seis años tuvo una terrible enfermedad, poliomielitis, que afectó una de sus piernas.

Más adelante, en 1925, sufrió un accidente de tráfico que la dejó paralizada durante mucho tiempo. Fue entonces cuando decidió dedicar su vida a la pintura. En sus cuadros muestra el dolor que sufrió.

Sus cuadros tienen ricos colores y muestran la riqueza de la cultura mexicana indígena. Frida se casó con el muralista mexicano Diego Rivera.

RIGOBERTA MENCHÚ (1959-)

Rigoberta es una indígena maya K'iche' que ha dedicado su vida a luchar por los indígenas de su país y por sus derechos. Nació en el pequeño pueblo de Chimel, en Guatemala. Rigoberta le mostró al mundo lo mal que habían sido tratados los indígenas de Guatemala durante y después de la Guerra Civil. Por su gran labor ha recibido muchos premios importantes como el Premio Nobel de la Paz y el Premio Príncipe de Asturias de Cooperación Internacional.